公主與小白雲

作者◎管家琪　繪圖◎CT

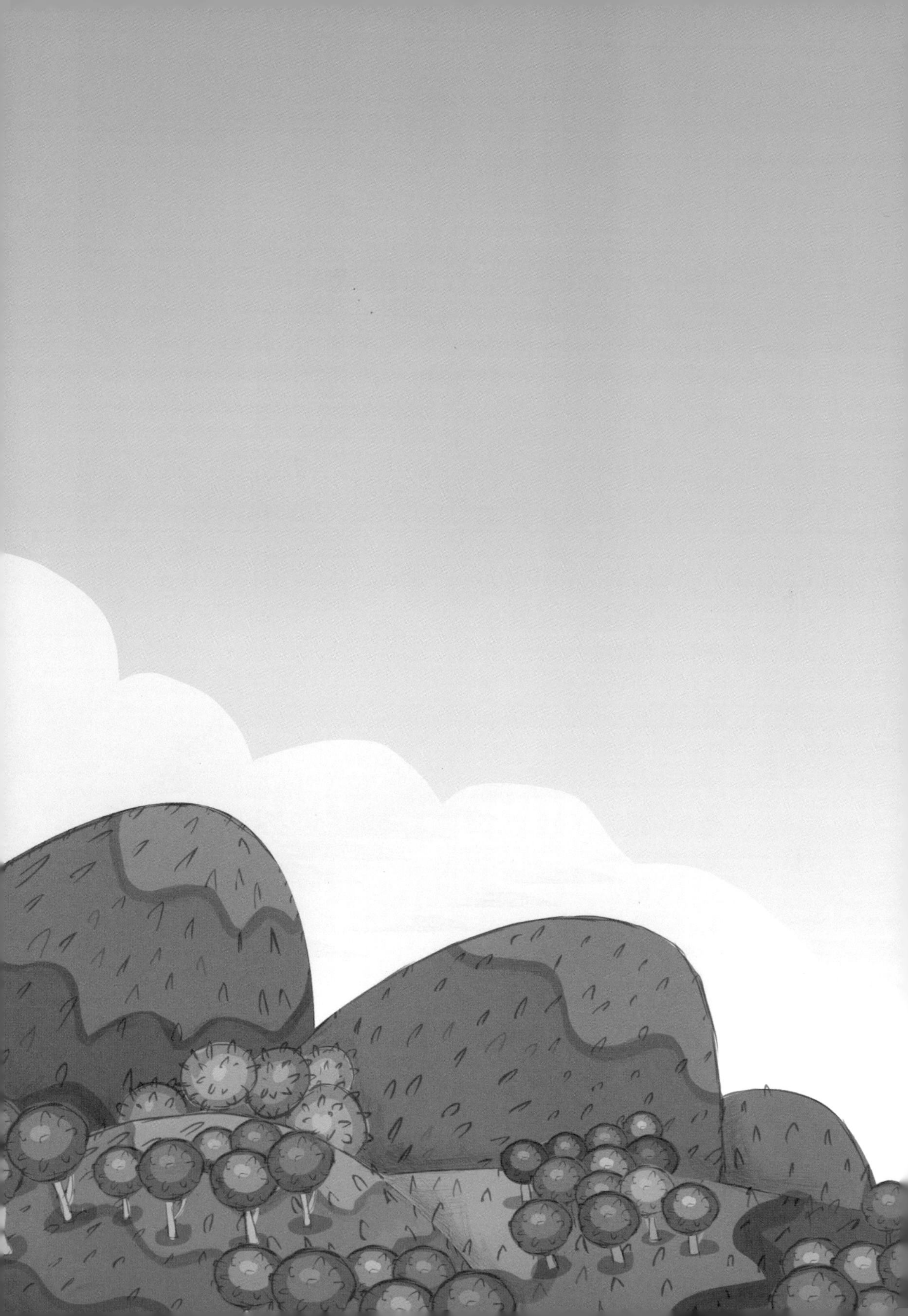

一朵小白雲，愛上了一個塑膠娃娃。

為了實現塑膠娃娃的願望，他帶著塑膠娃娃展開了漫長的追尋……

說起來，這朵小白雲會遇到這個塑膠娃娃，完全是一個偶然。

小白雲的家鄉，經常都是藍天白雲，他原本以為藍天白雲的景象很「正常」，凡是天空都應該是這個樣子的，整個世界也就是這個樣子的，所以，當他頭一回聽到有人居然說「這裡的天空多美，我們那裡怎麼就看不到」的時候，真是驚訝得不得了。

「難道別的地方的天空不是這樣的？那會是怎麼樣的呢？」小白雲很納悶。

當他開始注意聆聽這樣的讚美時，他也開始聽到了抱怨。

有人會說：「我們那裡的天空老是灰濛濛的，真難看！」

有人會說：「我已經好久都沒看過這麼藍的天和這麼白的

雲了！」

還有人會說：「天空原本就應該是這個樣子的啊！」

類似的話聽多了，小白雲開始愈來愈好奇。

「其他地方的天空到底是怎麼樣的呢？」小白雲經常會這麼想。

漸漸的，他就產生了一個想法：「如果我能到其他的地方，去裝飾其他的天空，那不是很好嗎？」

於是，他就這樣飄呀飄呀，飄了很遠很遠。

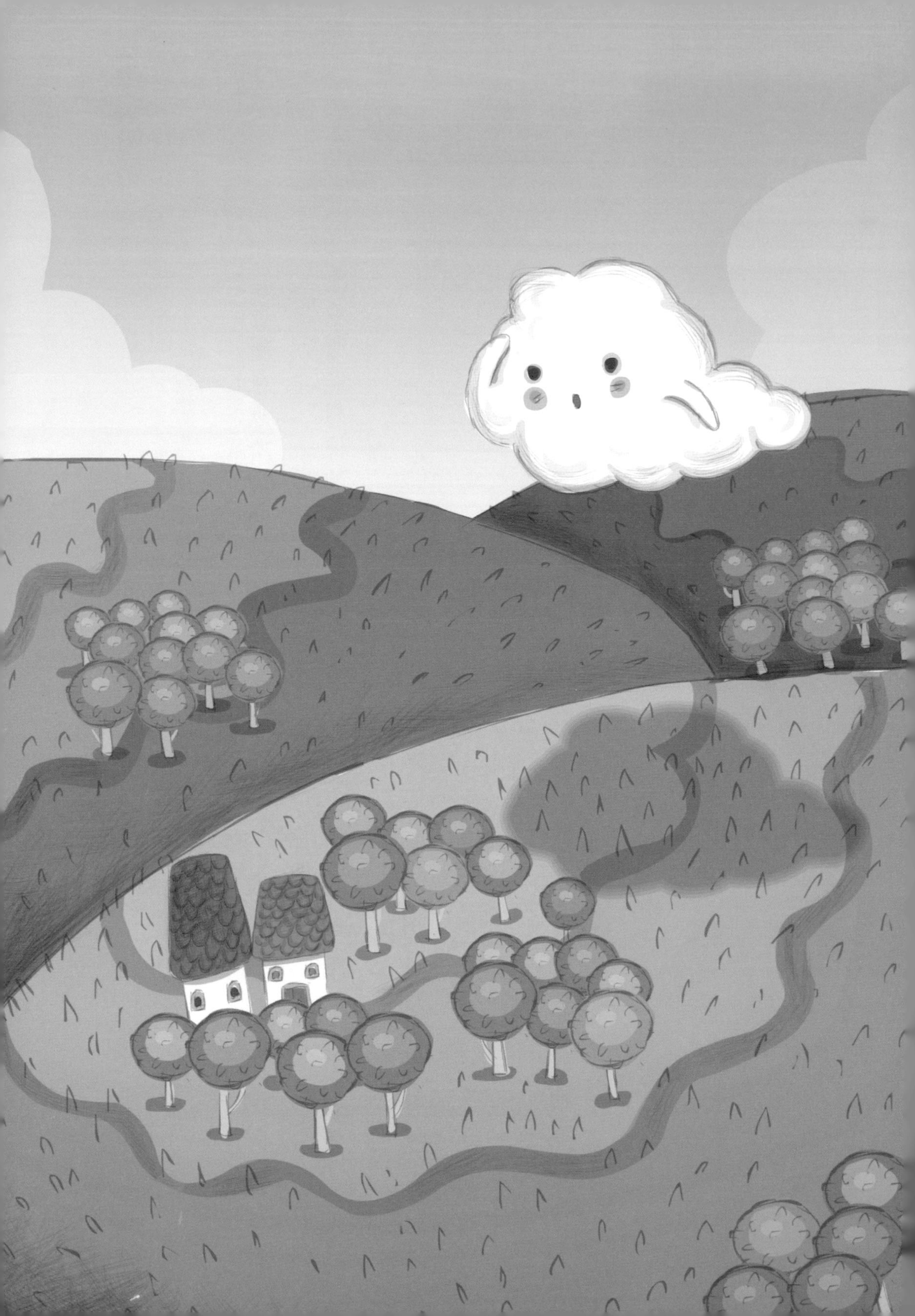

他發覺原來不僅天空會有變化，下面大地的變化也很大，才發現原來所謂的世界是這麼這麼的大，簡直就是無邊無際，比他所能想像的要大得多了。

小白雲有了新的想法；他不僅想要看看其他地方的天空，也想要看看其他地方的景色。

這天，他看到一座

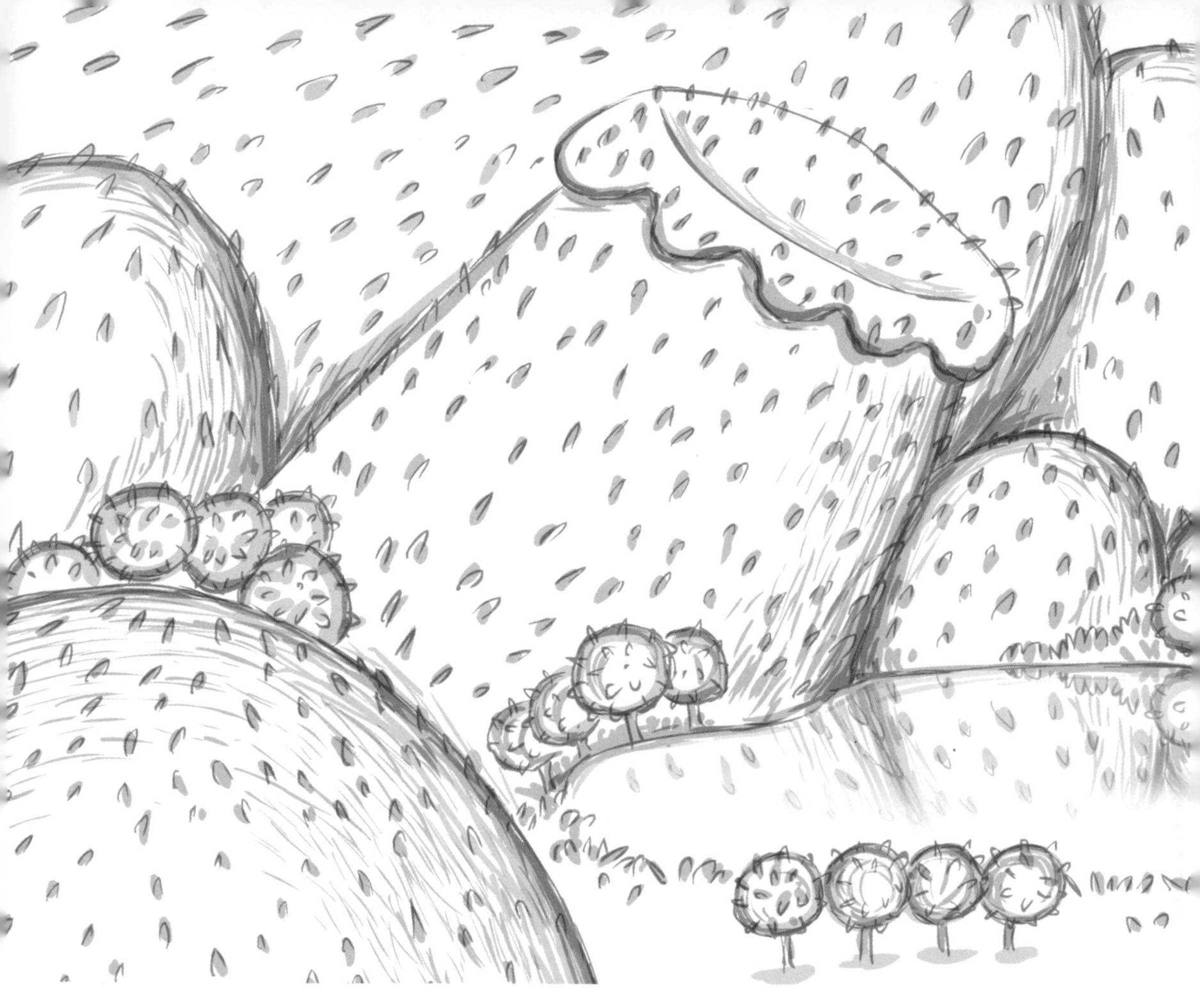

模樣可愛、一眼望過去活像是一個大布丁的高山。不知道為什麼，小白雲一看到這座山，以及附近的那個小湖，他突然感到非常的熟悉，總覺得自己彷彿曾經來過這裡。

塑膠娃娃就住在這座布丁山上。

不過，塑膠娃娃其實原本並不住在布丁山，而是住在山下的一個城市，住在一個小女孩的房間裡。有一次，小女孩和爸爸媽媽來山上露營，帶著塑膠娃娃一起來，結果在假期結束，大家收拾行李準備要回家的時候，塑膠娃娃竟然被遺忘

了，從此就被單獨留在了山上，
就留在一棵大樹的樹幹下。

或許是剛好被樹叢遮住，
塑膠娃娃一直沒有被人發現，
就這麼一直靜靜的躺在那兒。
過了很久很久，有一天晚上，
塑膠娃娃突然開始會做夢了。

她夢到自己曾經是一個美麗的公主，名叫娜娜，住在布丁山上的一座城堡裡。

那個時候，布丁山還沒有被太多的人注意到，這座山隱藏在一大片深谷之後，同時，山上還沒有那麼多的居民，大家都還過著非常傳統的農業生活。

娜娜還有一個姊姊，名叫麗麗。兩姊妹都長得很美，姊姊麗麗特別迷戀自己的美，總擔心自己很快就不再美麗。

有一天，麗麗公主意外得知黑森林裡的黑巫婆，宣稱擁有一種來自未來的神奇魔法，能夠永遠保持美麗，儘管每一個人都不相信，都把黑巫婆當成瘋子，麗麗卻很心動，因為她實在很願意相信這是真的！

「我們去找黑巫婆，要她告訴我們怎麼樣才能永遠保持美麗，好不好？」麗麗公主按捺不住自己強烈的好奇心，在求美心切之下，有了這樣的想法。

娜娜公主本來並不想去，但是一知道姊姊已經去找過一次，只是沒有找到黑巫婆，因此還想再去的時候，她很擔心姊

姊，因為布丁山的山路並不好走，姊姊騎馬的技術又不如她，娜娜公主不想再讓姊姊單獨行動，所以就答應和姊姊一起去。

於是，有一天，她們瞞著雙親，一起騎馬悄悄來到黑森林，找到了黑巫婆，請黑巫婆幫忙她們永遠保持美麗。

黑巫婆雖然叫作「黑巫婆」，可其實她長得並不黑，相反的，皮膚還相當白皙，大家會叫她黑巫婆，只不過是因為她總

是穿著一身黑衣而已。

黑巫婆本人也是一個非常美麗的女子，不同的是，麗麗和娜娜的美麗是天生的，黑巫婆卻是一年比一年美麗。很多在年輕時曾經見過黑巫婆的老先生和老太太都說，當年黑巫婆看起來可沒現在這麼漂亮。

就是這樣的說法非常普遍，所以當麗麗一聽說黑巫婆擁有一種能夠永遠保持美麗的魔法時，才會這麼的深信不疑。

面對姊妹倆的要求，黑巫婆露出迷人的笑容，用一種自信十足的口氣說：「這個事情妳們來找我就對啦，因為我已經去過未來好幾次，我知道未來所有關於美麗的祕密，那些魔法實在是太先進了！先進到完全超出我們任何人的想像！我一定可以滿足妳們的願望！」

「那太好了！」麗麗和娜娜都很高興。

不過，姊妹倆互看一眼，還是很快就稍微平靜下來，不再那麼激動。畢竟，大家對於巫婆多少都還是有那麼一點提防的，所以麗麗和娜娜也不敢高興得太早。

姊姊麗麗看著黑巫婆，首先小心的問道：「我們要知道，妳的魔法有多昂貴？我們負不負擔得起？如果這個代價太大，我們就不一定需要了。」

娜娜也說：「是啊，我們聽說曾經有一個海裡的公主，因為去找巫婆幫忙，結果竟然就不能說話了，好可憐喔！」

黑巫婆笑著說：「我也

聽說過這件事，那個巫婆實在是太小氣了，為什麼不能免費服務呢？妳們放心吧，我就很大方，我願意為妳們免費服務！」

「真的？」麗麗追問道：

「妳為什麼要對我們這麼好呢？」

黑巫婆說：「因為我們志同道合啊。」

「志同道合？」麗麗和娜娜一時都不大明白黑巫婆的意思。

黑巫婆只好進一步解釋道：「因為我們都是『美麗』的崇拜者和追求者啊，我就不明白為什麼巫婆總是得那麼醜，為什麼巫婆就不能漂漂亮亮的？而妳們則一定是認為美麗為什麼就只能那麼短暫，為什麼不能永遠都是那麼美麗，對不對？妳們的心情我很了解，所以，我願意幫助妳們達成心願！」

黑巫婆這麼一說，麗麗和娜娜就澈底的被說服了，都相信黑巫婆是誠心誠意的要幫助她們。

「現在，我要開始調製一種特殊的美麗面霜了。」黑巫婆說著，捲起袖子就開始工作，一副幹勁十足的樣子。

她先弄來一口大鐵鍋。

「等一下，」麗麗疑惑的問道：「妳不是說要做美麗的面霜，怎麼看起來像是要煮東西？」

「哎，按照傳統，咱們巫婆不管做什麼，都得用這口萬能

鐵鍋，所以看起來就像在煮東西啊。」黑巫婆解釋。

緊接著，黑巫婆把大鐵鍋架起來，朝大鐵鍋裡裝進一些髒兮兮的水，下面還升起了火，然後，還真「煮」了起來。就在那鍋髒水快要煮沸的時候，她一轉身，動作俐落的抱著好幾個破舊的瓶瓶罐罐過來，然後，一個一個打開來，開始朝大鐵鍋裡頭丟東西。

「這是什麼？」娜娜問。

黑巫婆神祕的一笑，「我看妳們最好還是別知道的好。」

「為什麼？」娜娜一聽，更加感到不安，「拜託，告訴我們吧。」

麗麗也說：「是啊，告訴我們吧。」

黑巫婆看看她們，「妳們真的就這麼想知道？」

「當然！」麗麗和娜娜異口同聲。

「好，不過我得聲明，要是我說出來，妳們會感到很不舒服，那可不能怪我，也不能反悔。因為，只要巫婆的大鐵鍋下面升起了火，就不可能走回頭路，否則妳們就會遭到最可怕的報應！」

「哎呀！怎麼會這樣！」娜娜叫起來，「妳剛才為什麼沒說啊？」

「怪了，我又不知道妳們會連這個也想要知道。」

麗麗轉頭對娜娜說：「算了算了，既然如此，我看我們就別囉唆、也別再多問了吧！」

娜娜雖然不置可否，實際上她還是想知道。

「其實妳們實在沒有了解的必要，」黑巫婆說：「我在未來看到那麼多祈求美麗的女子，都不關心那些美容聖品到底是用什麼東西做的，只要把這些美容聖品裝在一個個漂亮的容器裡，再標上高價，就可以讓她們放心了。如果知道她們往自己臉上和身上塗的東西到底是什麼成分，恐怕很多人都會昏倒！」

麗麗聽了，果真完全打消了念頭，連連說：「算了，我不想知道了！」

娜娜卻還是不肯放棄，堅持說：「我還是想知道，否則，我會胡思亂想……天啊，這一團黑糊糊的東西到底是什麼呀？」

「好，既然妳這麼好奇，我就告訴妳吧。」黑巫婆指著那些布滿灰塵的瓶瓶罐罐，開始一個一個的說明：「哪，這是癩蝦蟆的體液，這是蝙蝠的牙齒，這是糞金龜的食物……」

黑巫婆才剛剛說了三個罐子裡所裝的東西，麗麗和娜娜姊妹倆就已經受不了了。她們花容失色，紛紛大叫道：「天啊！怎麼這麼噁心啊！」

麗麗還埋怨妹妹道：「都是妳啦，非要追根究柢，有什麼好問的嘛，現在知道了反而不舒服！」

黑巫婆笑著說：「我說啊，妳們也真是大驚小怪，其實這些都是大自然中的一部分，我可是從世界上各個角落好不容易才收集來的呢，有什麼好噁心的！」

麗麗拍拍胸口，驚魂甫定道：「行了行了，反正妳別再說就是了！」

這回，娜娜並不反對；現在她真的也不想知道了。

黑巫婆看看剩下那幾罐還來不及介紹的寶貝，只好擺出一副很遺憾的樣子說：「好吧，那剩下這些罐子裡所裝的東西，妳們就按妳們的標準，覺得什麼東西噁心，就是什麼吧！」

麗麗和娜娜無語，事實上，光是剛才得知的那三項，就已經超乎她們的想像了。

看姊妹倆不再問東問西，黑巫婆也樂得輕鬆，開始專心的照顧她的大鐵鍋。等到把該丟的東西統統都丟進去了以後，黑巫婆就開始用一根大木棍在鐵鍋裡不斷的翻攪。過了好一會

兒，麗麗和娜娜看到鐵鍋裡一片渾濁，味道也不大好聞，心都涼了。

娜娜看著那鍋黏稠的東西，小聲的問姊姊：「她剛才好像說是要做面霜對吧？那就是說我們要把這個東西塗在臉上？」

「好像是吧，怎麼辦？我們現在又不能打退堂鼓……」

姊妹倆正小聲嘀咕著，只見黑巫婆把木棍從鍋子裡抽出來，丟在一邊，拍拍身上的灰，再用袖子抹一下額頭上的汗珠，就高興的宣布：「好了，煮好了，快來塗吧！」

麗麗和娜娜互相交換了一個恐懼的眼神，兩人心想：「天啊！真的要把看起來這麼噁心的東西塗在臉上？」

娜娜趕緊說：「現在還很燙吧？」

娜娜是想，能拖就拖吧！

「燙？簡單！」黑巫婆用手在大鐵鍋上輕輕一揮，「哪，現在一點也不燙了，快來塗吧！」

說著，黑巫婆就拿了兩個杓子給麗麗和娜娜，示意她們用杓子往鍋子裡舀一點面霜出來塗。

麗麗和娜娜硬著頭皮接過了杓子。

這時，黑巫婆看出來姊妹倆都有些遲疑。

「咦，妳們這是怎麼回事？」黑巫婆不大高興，「美麗是要付出代價的啊，妳們不知道多少人為了美麗受了多少罪。有的人一輩子都在挨餓，從來沒有吃飽過；有的人年紀輕輕就把牙齒全部拔掉，換成一口假牙；有的人從骨頭下手，硬是把自己的圓臉磨成瓜子臉！真的，我不騙妳們，這些都是我在未來世界所看到的，這些女人為了追求美麗付出了多大的代價啊！

而我並沒有要妳們做什麼，只不過是要妳們塗一點我精心製作的美容面霜，妳們居然這麼不合作！」

黑巫婆愈講愈氣，「快點啊！妳們不塗面霜，我就不能念咒語啊，這個面霜是有時間限制的，妳們要是再這麼慢慢吞吞、婆婆媽媽，待會兒等到面霜失效，我可不要再煮一次，妳們以為做這個面霜很輕鬆啊！」

看黑巫婆生氣了，姊姊麗麗公主只好趕快開始動手。娜娜公主看姊姊都開始行動，也就硬著頭皮跟進。姊妹倆都盡量不

去注意面霜的顏色，也盡可能屏住呼吸，並且盡可能忘掉剛才看到的製作面霜的材料。

姊妹倆小心翼翼的塗著。黑巫婆在旁邊還不時指揮著，「哎，塗厚一點，塗多一點！」

等到姊妹倆臉上面霜的厚度令黑巫婆滿意了，黑巫婆就說：「好，可以了，快點到這裡來！」

黑巫婆示意麗麗和娜娜趕快站到窗邊。

「站好，我要妳們吸收一點陽光，好，我要開始了！」

黑巫婆一邊揮舞著雙手，一邊嘰嘰咕咕念些讓人聽不懂的咒語，雙眼還死死的瞪著兩姊妹，一會兒瞪著麗麗，一會兒瞪著娜娜，瞪得姊妹倆都好緊張，兩個人不知不覺都握緊了手。

「去吧！」黑巫婆突然大叫一聲，屋內頓時雲霧大作，什麼都看不清。

「哦，原來我是這麼來的！」一直躺在大樹下，並且剛好被樹叢遮住的塑膠娃娃就這樣慢慢記起了一切。

她又花了好幾天的工夫反覆回憶，雖然一次比一次記起更多的細節，到最後連那個黑巫婆特製的美容面霜的味道，她都能想起來。可是，不管怎麼回想，畫面都是在一看到屋裡被雲霧充塞的時候就卡住了。

「後來到底發生了什麼事？姊姊呢？姊姊怎麼樣了？她到

哪裡去了？」塑膠娃娃一想到姊姊，就好難過也好擔心。

她真的好後悔，後悔死了！她覺得真不該去跟黑巫婆打交道，為了追求什麼永遠的美麗，最後竟然變成這個樣子。

不過，在她所處的時代，也就是當她還是娜娜公主、魔法還很盛行的時代，有人（特別是公主和王子）被巫師或是巫婆施了魔法，而暫時變成別的生物或是別的東西，這種事情經常會發生，雖然娜娜之前不曾想過自己有一天也會碰上這種事，可是一旦碰上了，根據過去所受到的教養，她很快就克服了恐懼，讓自己平靜下來，因為她很清楚，接下來只要自己保持鎮靜，耐心等待，魔法終有破解的一天。

自從回憶的畫面跳接到變成娃娃之後，她的記憶就變得很凌亂，都是一些毫無組織的片段。她好像在一家娃娃商店待了很久，每天都在商店的一角默默看著窗外的街道。她還記得頭一回注意到街道上行人的穿著打扮時，她是多麼的震驚，震驚的程度絕不亞於發現自己竟然成了不能動的娃娃。

她弄不懂這些行人身上到底是穿個什麼鬼啊？尤其是那些女孩子，她們身上穿的能叫作外出服嗎？居然露出那麼多手臂和腿在衣服外面？

終於，塑膠娃娃意識到一個問題。

「現在到底是什麼時候了？」塑膠娃娃很疑惑。

塑膠娃娃不知道，現在已經是二十一世紀了，距離她原來的娜娜公主時代，已經過去了好幾百年。

後來，她離開娃娃商店，來到小女孩的家。在小女孩的身邊，塑膠娃娃確實過了一段愉快的日子。小女孩雖然還不是很會講話，口齒還不是很清晰，可是經常會說：「我的娃娃最漂亮！」塑膠娃娃也覺得小女孩很可愛，她特別喜歡看小女孩在頭上戴個小王冠，假扮成小公主的模樣（儘管那個小王冠看起來好像很廉價）。

哪曉得好像沒過多久，就在一次假期露營之後，塑膠娃娃就跟小女孩分開了。

在露營結束那天，因為小女孩玩得太累睡著了，兩個大人在打包行李的時候，不知道女兒那天上午曾經帶著塑膠娃娃和幾個塑膠小鍋、塑膠小碗去湖邊大樹下玩扮家家酒，也沒感覺到女兒的玩具少了幾樣，所以就這麼陰錯陽差的把塑膠娃娃給遺漏了。

說起來這也是情有可原，畢竟，有幾個家長能弄得清楚孩子所有的玩具呢？更何況在大人的眼裡，這些玩具一個個都長得那麼像！

塑膠娃娃一動也不能動，就這麼無助的待在大樹下的樹叢裡。

日子就這麼無聲無息的過去了。

有時候，她還真希望自己從來就不會做夢，從來就不曾記起一切，那樣或許她還不會像現在這麼難過。

塑膠娃娃以為，一切就是這樣了，再也不會有什麼變化了。

終於，有一天，發生了一件「大」事。

有一隻松鼠先生從樹上跳下來，剛好落在樹叢裡，無意中看到了塑膠娃娃。

一開始，松鼠先生嚇了一大跳，可是等稍微定下心神，再仔細看看塑膠娃娃時，立刻就被她迷住了。

「啊，妳真漂亮耶！」松鼠先生讚美著。

「謝謝。」塑膠娃娃回應著，不知不覺嘆了一口氣。

「妳怎麼了？」松鼠先生心生好奇問道：「說妳漂亮，妳不高興嗎？」

「不是……」塑膠娃娃心想，唉，為了追求漂亮，天知道我付出了多大的代價啊！

松鼠先生望著塑膠娃娃，突然有了一個浪漫的念頭。

「這樣吧，請妳做我的新娘，好不好？」松鼠先生痴痴的說：「我保證一定會對妳很好，永遠也不離開妳！走，我現在就帶妳去見我的家人！」

說著，他就抱起塑膠娃娃往外走。

可是，才剛剛走出樹叢沒多遠，松鼠先生就赫然發現有一隻土狼惡狠狠的迎面衝了過來！

松鼠先生大叫一聲：「媽呀！救命！」一鬆手，便把塑膠娃娃一放，本能的火速溜上樹梢逃命，並且馬上手腳俐落的跳到另外一棵大樹，很快就不見蹤影了。

土狼也無所謂，因為此刻他的注意力已經又被附近一隻野兔給吸引住了，所以，還來不及朝著飛快逃走的松鼠先生多吼幾聲，就忙著去追捕野兔了。

土狼並沒有注意到被松鼠先生拋下的塑膠娃娃。

現在，塑膠娃娃躺在草地上，想到松鼠先生，真有一種啼笑皆非的感覺；松鼠先生剛才明明還對她說「永遠也不離開妳」，然而沒一會兒工夫，一旦危難當頭，他竟然只顧著逃命，而把自己忘得一乾二淨了。

塑膠娃娃望著藍天，心想，接下來會怎麼樣呢？想了一會兒，她就放棄了，不再去想這個令人煩心又沒有答案的問題。她知道自己現在只是一個不會動的娃娃，不管接下來會發生什麼事，她都無能為力。

「還是看看雲吧。」塑膠娃娃想著。自從她變成娃娃以來，很少有機會待在戶外看雲。

就在這個時候，小白雲飄了過來，看到了塑膠娃娃。

「咦，我們見過嗎？」小白雲喃喃道：「為什麼我覺得妳看起來這麼親切、這麼眼熟啊？」

其實，在很久很久以前，當小白雲還是布丁山附近那個小湖湖水的時候，是見過娜娜公主的。當時，小湖的湖水還是非常美麗的碧藍色，娜娜和姊姊麗麗經常在湖邊散步和談心，只不過小白雲已經完全忘記了。

塑膠娃娃說：「我不知道我們有沒有見過，我只知道我真的很久很久、沒有像現在這樣躺在草地上看雲了。你真好看啊！以前，我跟姊姊都很喜歡看雲……」

「妳的姊姊？嗯，這麼說來，我好像是一點印象了，妳可不可以告訴我，這是怎麼回事？」

「可以啊，我正希望有人願意聽我傾訴呢。」

聽完了塑膠娃娃的故事，小白雲為她感到很難過。同情之餘，小白雲也對塑膠娃娃產生了一種熱烈的感情；儘管塑膠娃娃看起來有一點狼狽，也有一點髒兮兮的，但他還是覺得自己愛上了塑膠娃娃。

其實，這應該是小白雲第二次愛上塑膠娃娃；當年他還是碧藍色的湖水、而她還是娜娜公主的時候，他就很愛她。

「唉，如果能夠回到過去，那該有多好啊！」塑膠娃娃哀怨的說。

看到塑膠娃娃這麼難過，小白雲也很難過。他默默的看著塑膠娃娃，真希望自己能夠為她做一點什麼。

小白雲想起，在旅途中曾經聽說過一些不可思議的事。比方說，他聽說在這個世界上有一個神祕的通道，有人坐著飛機經過那裡，會突然莫名其妙的失蹤，等過了很多很多年，又會突然莫名其妙的出現，有的人在「回來」之後，似乎失去了部分的記憶，根本就沒有感覺到自己曾經「離開」過，看到報紙上的年分「不對」，還以為是人家在惡作劇；有的人則是堅持自己在「離開」的那段期間，曾經去過不同的時代。小白雲又想起，他還聽說天空破了一個大洞……

想到這裡，小白雲忽然胡亂猜想，天空的那個大洞，會不會就是那個神祕的通道啊？

他把這個猜想告訴塑膠娃娃，並且說：「讓我帶著妳去找找看吧，也許找到那個神祕的通道以後，就可以送妳回到過去，妳說好不好？妳不怕吧？」

塑膠娃娃想也沒想就說：「不怕，只要有一點點可能性，哪怕只是一絲絲的可能，我都願意試試看。」

她頓了一下，想了一想又說：「至少，我希望能夠去找一找姊姊，我真的很希望能夠再見到她。」

「好，那我們就出發吧。」小白雲說：「我現在就下來接妳。」

為了要下來接塑膠娃娃，小白雲的身體變小了一些；因為在一路下降的過程中，他的身體發生了一些變化，有的部分變成了霧，有的變成了靄。

（他現在真該叫作「小小白雲」啦。）

當小白雲停在塑膠娃娃的面前時，塑膠娃娃一伸手，發現自己會動了。於是，她就慢慢爬起來，然後又小心翼翼的爬到小白雲的身上。

「坐好了。」小白雲溫柔的托起塑膠娃娃。

為了實現塑膠娃娃想要尋找姊姊和想要回到過去的願望，小白雲帶著塑膠娃娃展開了漫長的追尋……

他們就這樣一路飄呀飄呀，找啊找啊。

塑膠娃娃本來想一直維持非常秀氣的姿勢端坐在小白雲的身上，但是她很快就發現這實在很難。因為小白雲的身體實在太軟綿綿了，塑膠娃娃坐在上面老是會不斷的往下滑、往下掉，每當她發覺自己又往下滑、往下掉的時候，她就趕緊掙扎著往上爬。

日子一天一天的過去，他們經過很多很多地方，也找過很

多很多地方，但什麼都找不到；不僅找不到「麗麗公主」，也找不到那個神祕的通道。

怎麼辦呢？

「妳別太著急喔，這個世界很大很大，我們只是找了一小部分而已。」小白雲偷偷看了塑膠娃娃一眼，感到又抱歉又擔心，其實是他自己挺著急的。

不過，塑膠娃娃似乎還滿沉得住氣。或許是因為她從來沒有過這種從高空往下俯瞰的經驗，因此一路上一直被下方的景物深深吸引著，大開眼界之餘，無形之中也大大的彌補了先前的失落感。

「我從來不知道從天空往下看，下面是這麼漂亮呢！」塑膠娃娃由衷的說。

「是啊。」小白雲深有同感。

這天，塑膠娃娃打瞌睡，不知不覺慢慢往下滑，而且愈下滑，就愈往下陷得愈深。本來小白雲還沒發現，但是當他意識到，怎麼跟塑膠娃娃講話講了半天都沒有回應時，才猛然發現不知道什麼時候塑膠娃娃不見了！

小白雲好著急，馬上下降去找。

幸好他發現得還算早，所以當他才剛剛降下來，很快就看到了塑膠娃娃。

塑膠娃娃正坐在一個大大的石雕像手裡。

這是一座女性的石雕像。她似乎是穿著一件長袍，臉龐向天空微仰著，長髮彷彿正隨風飄揚。她的右手朝上斜斜的舉起來，左手則好像是微微的按住衣角。

塑膠娃娃就落在石雕像向上舉著的右手手掌裡。

小白雲趕快降下來，關切的問道：「妳沒事吧？」

塑膠娃娃呆呆的看著眼前這座石雕像。她覺得這座石雕像看起來有點可怕，她的臉好像被什麼東西給毀容了。

望著塑膠娃娃的小白雲，卻在同時發覺塑膠娃娃好像變得光潔許多；原來是因為她從小白雲裡落下來，整個人都被洗滌了一遍。

「妳沒事吧？妳怎麼了？」小白雲又問了一遍。

塑膠娃娃看看小白雲，「我沒事，倒是你……你看起來怎麼好像又小了一點？」

確實如此；因為下降，使小白雲又變小了一些。

塑膠娃娃很擔心，非常憂慮的問：「啊，你這樣愈變愈小，會不會過不了多久就完全不見了，那到時候誰來陪我去找我姊姊麗麗啊？」

小白雲安慰道：「不會的，我會陪妳的。」

不過，他還來不及把話說完，就被一個顫抖的聲音給打斷了。

這個聲音是從他身後的石雕像所發出來的，「妳……妳說什麼？麗麗……啊，難道妳是娜娜？」

塑膠娃娃愣愣的看著那張被毀容的臉，疑惑的問：「難道妳是……姊姊？」

「沒錯，我就是麗麗啊！」

塑膠娃娃大吃一驚，「啊，妳怎麼會變成這個樣子？」

石雕像看著塑膠娃娃，也很驚訝，「妳也是啊，妳怎麼會變成這個樣子？」

姊妹倆不知道，原來，這都是出於黑巫婆的一番好意。黑巫婆認為，要永遠保持美麗，有兩種辦法：一種是變成石雕像，另一種就是變成塑膠，因為石頭和塑膠都不會變。尤其是塑膠，去過「未來」的黑巫婆，知道「塑膠」是一種可以歷時很久很久、幾乎永遠都不會壞的東西。所以，黑巫婆把大公主麗麗變成一座石雕像，再把小公主娜娜變成一個塑膠娃娃。只是，黑巫婆不知道，「未來」有酸雨，酸雨會破壞石雕像，而一個永遠不會壞的塑膠娃娃，其實也實在談不上什麼永遠保持美麗。

終於又見面了，儘管彼此的模樣都改變了很多，但是姊妹倆都很激動，在一起說了好多好多話。

當然，談得最多的話題，還是當初實在是不該去找那個黑巫婆，實在不該妄想永遠保持美麗。

然而，事到如今，又能怎麼辦呢？

「唉，要是能夠回到過去就好了……」石雕像也這麼幽幽的說道。

這時，塑膠娃娃就把小白雲所聽說的時光通道告訴石雕像。

「只要我們找到了那個時光通道，就可以回到過去了！」塑膠娃娃說。

石雕像嘆了一口氣，「唉，妳去吧，我希望妳能找到，我是不可能了。」

塑膠娃娃無語。是啊，她夠輕，還可以坐在小白雲的身上移動，還有機會去尋找時光通道，可是姊姊現在是石雕像，根本不可能離開半步啊。

「不過，妳可千萬不要淋雨，一定要避開那些有雨的地方，要不然就乾脆到不會下雨、或者是會下安全雨的地方，去找妳說的那個什麼通道吧。」石雕像鄭重其事的提醒著，並且傷心的說：「妳看我的臉，就是淋雨的結果！」

「原來是這樣！可是，這個世界這麼大，哪裡才是下安全雨的地方啊？」塑膠娃娃很困惑。

「這個我就不知道了。」石雕像說：「自從我變成石雕像以後，我就一直沒有離開過這裡啊。」

塑膠娃娃轉頭問小白雲：「小白雲，你去過的地方比較多，你知道哪裡是下安全雨的地方嗎？」

「這個……我也不知道哪。我從來沒看過這個世界的邊界到底在哪裡，感覺上好像這裡和那裡、那裡和這裡，統統都是連在一起的。」

「那怎麼辦呢？」塑膠娃娃愈來愈焦慮，「那我們要怎麼樣才能避開那些不好的雨啊？」

小白雲想了半天，想不出什麼好辦法，只好說：「要不，我們就繼續往前走、繼續往前找吧。如果真的有那麼一個時光通道，只要我們找到那個通道，回到妳以前的時代，那就什麼問題也沒有了！」

石雕像聽了，也說：「對，娜娜，妳還是趕快離開這裡

吧，趕快去找那個通道！雖然我不可能回去了，可是我真的希望妳能夠回去，回到我們的時代，重頭再來！想想還是我們那個時代好啊，至少從來沒聽說過連雨水都會這麼危險的！」

於是，懷抱著能夠回到過去的一線希望，小白雲托著塑膠娃娃，繼續他們的旅程。

過了很久很久，他們無意中來到了一個地方。

這個地方，就是有名的百慕達海域。在這兒曾經發生過無數起難以解釋的神祕失蹤事件。

當小白雲和塑膠娃娃一來到這裡，瞬間就完全不見了蹤影……

娜娜公主悠悠醒來。

女僕見公主醒了，立刻迎了上來，恭恭敬敬的說：「公主殿下，該回去了吧。」

娜娜公主向來喜歡躺在湖邊的草地上午睡。這天，娜娜公主午睡的時間比平時都來得久，女僕們很想把公主叫醒，但是又有一點猶豫，幸好，就在不知道該怎麼辦的時候，公主總算自己醒了。

「我好像做了一個好奇怪的夢……」娜娜公主用一種夢囈般的聲音喃喃自語。

夢境裡的一切，感覺都好真實啊。她一邊繼續躺在草地上，看著天空，看著那些可愛的白雲緩緩飄動，一邊慢慢回憶，試著想要把夢境裡的一切整理清楚。

「我夢到姊姊，她好像變成了一座石雕像。」

姊姊麗麗公主在半年多前意外過世了。娜娜經常會想起姊姊。

「我呢，好像變成了一個娃娃，而且是用一種很奇怪的東西做的娃娃。」娜娜公主繼續說：「對了，想起來了，好像是跟一個巫婆有關，我們好像去找一個巫婆……」

在這個時代，「巫婆」之說非常普遍，可是，很多「巫婆」都是未經證實之說，始終都只是一些傳言罷了；譬如在他們王國與鄰國交界的森林深處，據說就有一個黑巫婆，終日鑽研著美麗的魔法。

娜娜公主坐起來，傾身看著碧藍的湖水，並且專注的看著自己在湖水中的倒影。這個時代無論是湖水或是雨水，都還沒有經過汙染，水中的影像似乎也更加的好看。

「妳們說，我漂亮嗎？」娜娜公主問。

「當然漂亮！大家都知道公主是最漂亮的。」女僕們都異口同聲。

「妳們說，我要不要去找黑巫婆，了解一下她那個關於美麗魔法的研究呢？」

「不要啦！」女僕們紛紛勸阻。

有的說：「凡是魔法，恐怕都會有不可預期的副作用，實在是滿讓人擔心的。」

有的說：「人家都說巫婆的想法和常人不同，有時就算她是好意，搞不好還是會幹出壞事。」

更多的人則是說：「公主已經夠美麗了，何必還要再去尋求什麼美麗祕方？」

娜娜公主笑道：「妳們可真會說話呀！」

「不不不，我們說的都是真心話！」女僕們都一個勁兒的

強調。

「我知道妳們都是為我好。」娜娜公主的心裡很清楚，因為姊姊麗麗在出事之前，就是一直嚷著想要去找什麼美麗祕方，還說要去黑森林找黑巫婆，後來才會在山路上意外墜崖，現在她這麼說，大家當然都會擔心。

娜娜公主站起來，看看藍天白雲，看看不遠處的布丁山，那是姊姊墜崖的地方，然後再看看四周的一片綠意，還有靜靜的湖水，突然心有所感，由衷的說：「說實話，我們凡人就算再怎麼美，又哪裡抵得上大自然的美呢？真希望這麼美的大自然永遠都不會變！」

說完，娜娜公主就走向馬車，準備回城堡去。

不一會兒，娜娜公主走了，女僕們也走了，所有的人都走了。

大地一片寂靜，靜得似乎連湖水的漣漪都能聽得見……

《公主與小白雲》後記

◎管家琪

作家寫作也經常會面臨像小朋友所面臨的「命題作文」的情況。這篇《公主與小白雲》就是一個被要求是一個能夠融入環保概念的童話。該怎麼樣和孩子們談環保呢？該怎麼樣才能談得不是那麼生硬，而能夠擁有故事性，甚至於能夠擁有趣味性呢？「寓教於樂」確實是兒童文學值得追求的理想啊。

我想了很久，決定盡量只提煉一個跟環保有關的重要概念，盡可能自然的融

入到故事裡，成為故事的精神，而不要板著臉孔來跟小朋友大上環保課，企圖假借動物或植物或玩具之口，大段大段的抄一些環保知識塞到裡頭。

我們常說「言教不如身教」，真正高明的教育並不是只靠滿嘴大道理，這樣是很難產生效果的。教育需要感染力，道理不需要多，但一定要簡單明瞭。

* * *

《公主與小白雲》這篇童話的靈感來自於「世界村」這個概念。

所謂「世界村」，一開始固然是由於科技進步，大大縮短了地理上的距離；想想看，那麼喜歡旅行的安徒生，在他身處的十九世紀，主要都是坐著馬車旅行，馬車就算坐一天，能夠走多遠呢？而現在，就算是相距幾百公里，只要坐飛機，也只是區區一個小時的事！

不過，生活在「天涯若比鄰」的時代，我們相互的關係更是休戚與共，整個地球上的人都是一個生命共同體，大家的命運、甚至於這一代與下一代的命運都是緊緊連繫在一起的。

就好像在這個故事接近尾聲的時候，當石雕像向塑膠娃娃哭訴自己慘遭酸雨毀容，並且要塑膠娃娃一定要到會下「安全雨」的地方去尋找那個神祕的通道時，塑膠娃娃感到很困惑，因為，「這個世界這麼大，哪裡才是會下安全雨的地方啊？」

千萬不要以為那些熱帶雨林大幅減少、瀕臨絕種的動物愈來愈多等等很多問題都是別人的事，不關我們的事，實際上我們只有一個地球，在地球上所發生的一切都跟我們有關。

很多人在坐飛機的時候，很喜歡看窗外的雲。在高空上看雲，真的會給人一種心胸開闊、非常舒暢的感覺，看看那一片雲海，是多麼的柔軟，又是多麼無邊無際。這也提醒了我們，所有的國界、地界都是人類文明發展史上的產物，都是後天人為的，實際上所有的「界線」都只存在於地圖上，或是存在於我們的心裡（有時候，「心理距離」遠遠大過「地理距離」）。在真實的生活中，以我們的

肉眼所見，都只看到一個地球，哪裡有什麼界線呢？

不妨多看看太空人從太空中為地球所拍攝的照片吧，我們的地球真的好美啊！身為這個美麗星球的一員，不管在地球哪一個角落，不管發生什麼生態危機，其實跟我們每一個人都息息相關，因為，一切都是不可逆轉的。如果我們現在不愛護地球，一旦造成任何破壞，那都是永遠的損失，永遠都不可能修復的。

國家圖書館出版品預行編目資料

公主與小白雲 / 管家琪作；CT繪圖. - -
初版. - 台北市：幼獅, 2012. 11
面；　公分. --（新High兒童故事館；11）

ISBN 978-957-574-883-8（平裝）

859.6　　　101018682

・新High兒童・故事館・11・

公主與小白雲

作　　者＝管家琪
繪　　圖＝CT
出 版 者＝幼獅文化事業股份有限公司
發 行 人＝李鍾桂
總 經 理＝廖翰聲
總 編 輯＝劉淑華
主　　編＝林泊瑜
編　　輯＝黃淨閔
美術編輯＝李祥銘
總 公 司＝10045台北市重慶南路1段66-1號3樓
電　　話＝(02)2311-2832
傳　　真＝(02)2311-5368
郵政劃撥＝00033368

門市
・松江展示中心：10422台北市松江路219號
電話：(02)2502-5858轉734　傳真：(02)2503-6601
・苗栗育達店：36143苗栗縣造橋鄉談文村學府路168號（育達商業科技大學內）
電話：(037)652-191　傳真：(037)652-251

印　　刷＝祥新印刷股份有限公司
定　　價＝260元
港　　幣＝87元
初　　版＝2012.11
書　　號＝987209

幼獅樂讀網
http://www.youth.com.tw
e-mail:customer@youth.com.tw

行政院新聞局核准登記證局版台業字第0143號

幼獅文化公司／讀者服務卡／

感謝您購買幼獅公司出版的好書！
為提升服務品質與出版更優質的圖書，敬請撥冗填寫後（免貼郵票）擲寄本公司，或傳真（傳真電話02-23115368），我們將參考您的意見、分享您的觀點，出版更多的好書。並不定期提供您相關書訊、活動、特惠專案等。謝謝！

基本資料

姓名：……………………先生／小姐

婚姻狀況：□已婚 □未婚　職業：□學生 □公教 □上班族 □家管 □其他

出生：民國……………年……………月……………日

電話：（公）……………（宅）……………（手機）……………

e-mail：……………………

聯絡地址：……………………

1.您所購買的書名：**公主與小白雲**

2.您通常以何種方式購書?：□1.書店買書 □2.網路購書 □3.傳真訂購 □4.郵局劃撥
（可複選）□5.幼獅門市 □6.團體訂購 □7.其他

3.您是否曾買過幼獅其他出版品：□是，□1.圖書 □2.幼獅文藝 □3.幼獅少年
□否

4.您從何處得知本書訊息：□1.師長介紹 □2.朋友介紹 □3.幼獅少年雜誌
（可複選）□4.幼獅文藝雜誌 □5.報章雜誌書評介紹……………報
□6.DM傳單、海報 □7.書店 □8.廣播(　　　　)
□9.電子報、edm □10.其他……………

5.您喜歡本書的原因：□1.作者 □2.書名 □3.內容 □4.封面設計 □5.其他

6.您不喜歡本書的原因：□1.作者 □2.書名 □3.內容 □4.封面設計 □5.其他

7.您希望得知的出版訊息：□1.青少年讀物 □2.兒童讀物 □3.親子叢書
□4.教師充電系列 □5.其他

8.您覺得本書的價格：□1.偏高 □2.合理 □3.偏低

9.讀完本書後您覺得：□1.很有收穫 □2.有收穫 □3.收穫不多 □4.沒收穫

10.敬請推薦親友，共同加入我們的閱讀計畫，我們將適時寄送相關書訊，以豐富書香與心靈的空間：

(1)姓名……………e-mail……………電話……………

(2)姓名……………e-mail……………電話……………

(3)姓名……………e-mail……………電話……………

11.您對本書或本公司的建議：

廣 告 回 信
台北郵局登記證
台北廣字第942號

請直接投郵　免貼郵票

10045　台北市重慶南路一段66-1號3樓

幼獅文化事業股份有限公司 收

請沿虛線對折寄回

客服專線：02-23112832分機208　　傳真：02-23115368

e-mail：customer@youth.com.tw

幼獅樂讀網http：//www.youth.com.tw